张富清系列图书

中国，一个老兵的故事

长诗

刘益善 / 著

长江出版传媒
湖北人民出版社

图书在版编目(CIP)数据

中国，一个老兵的故事/刘益善著.
武汉:湖北人民出版社,2019.10
ISBN 978-7-216-09753-6
Ⅰ.①中… Ⅱ.①刘… Ⅲ.①诗歌—中国—当代
Ⅳ.①I227

中国版本图书馆CIP数据核字(2019)第127074号

责任编辑：胡心婷　曾若雪　黄　沙
　　　　　朱小丹　耿天维
封面设计：刘舒扬
责任校对：范承勇
责任印制：王　超

中国，一个老兵的故事 ZHONGGUO,YIGE LAOBING DE GUSHI

出版发行:湖北人民出版社
地址:武汉市雄楚大道268号
印刷:荆州市翔羚印刷有限公司
邮编:430070
开本:787毫米×1092毫米 1/16
印张:13
版次:2019年10月第1版
印次:2020年7月第2次印刷
字数:115千字
插页:1
书号:ISBN 978-7-216-09753-6
定价:38.00元

本社网址：http://www.hbpp.com.cn
本社旗舰店：http://hbrmcbs.tmall.com
读者服务部电话：027-87679656
投诉举报电话：027-87679757
（图书如出现印装质量问题，由本社负责调换）

前　言

2019 年 4 月 21 日，习近平总书记对张富清同志先进事迹作出重要指示强调，老英雄张富清 60 多年深藏功名，一辈子坚守初心、不改本色，事迹感人。在部队，他保家卫国；到地方，他为民造福。他用自己的朴实纯粹、淡泊名利书写了精彩人生，是广大部队官兵和退役军人学习的榜样。要积极弘扬奉献精神，凝聚起万众一心奋斗新时代的强大力量。

今年 95 岁的张富清，是原西北野战军三五九旅七一八团二营六连战士，在解放战争的枪林弹雨中英勇善战、舍生忘死，先后荣立西北野战军特等功一次、军一等功一次、师一等功一次、师二等功一次和团一等功一次，并被授予军“战斗英雄”称号、师“战斗英雄”称号和“人民功臣”奖章。1955 年张富清退役转业，主动要求到湖北最偏远的恩施来凤工作，60 多年来他刻意尘封功绩，为山区人民奉献一生。战争年代不怕牺牲、出生入死，张富清靠的是一名共产党员的忠诚信仰；和平时期扎根深山、默默奉献，张富清为的是不负一名共产党员的铮铮誓言。

习近平总书记为张富清同志颁授“共和国勋章”，中共中央授予张富清同志“全国优秀共产党员”称号，中央宣传部授予张富清同志“时代楷模”荣誉称号，中央组织部、中央宣传部等四部门联合印发《关于开展向张富清同志学习的通知》，中共湖北省委下发《关于认真贯彻习近平总书记重要指示精神，广泛开展向张富清同志学习的通知》，要求各级党组织和广大党员干部深入学习张富清同志对党忠诚、不忘初心的革命本色，胸怀大局、矢志奉献的政治品格，淡泊名利、深藏功名的高尚情操，克己奉公、廉洁无私的敬业精神，艰苦奋斗、乐观向上的人生态度。

为深入学习宣传张富清同志的先进事迹，传承弘扬爱国奋斗精神，奏响新时代奋斗者之歌，用英雄模范的感人故事激励全省广大党员干部不忘初心，担当使命，继续砥砺前行，根据中共湖北省委宣传部的部署安排，湖北省作家协会组织作家深入张富清同志战斗、工作和生活的地方，面对面采访英雄，记录英雄事迹，聆听英雄心声，创作了长篇报告文学《父亲原本是英雄》、长诗《中国，一个老兵的故事》、长篇散文《静静流淌的岁月》三部文学作品。这些作品以充沛的激情、生动的笔触、感人的细节、真挚的语言，把一个在战场上“无畏”、在岗位上“无私”，只求事业“功成”、不图个人“功名”，人生角色“在变”、初心使命“不变”的英雄呈现在读者面前，还原了一个真实、立体的优秀共产党员形象。

本书编委会
2019 年 10 月

目　录

序　歌

在中国，有一个老兵
今年九十五岁高龄
他的名字叫张富清
当年，为了穷人不受压迫
为了不再当长工
他参加了中国人民解放军

他转战南北
他英勇作战
他不怕牺牲
他炸毁敌人的碉堡
他带领突击队员
当开路先锋
他多次立功受奖
他是人民功臣
他是战斗英雄

解放后他解甲归田
转业到了湖北来凤
那是条件艰苦的地方
那地方一脚踏三省
他从粮管所主任干起
干到县建行副行长离休
几十年啊，春去秋来
人们只知道他是个转业军人
人们只知道他是个共产党员
人们还知道他是个拼命三郎
他眼里只有工作
常常忘了自己和家人
人们不知道他当兵的情况
人们更不知道他是个英雄

他把荣誉留给过去
他把军功章与证书藏在箱底
中共中央总书记
国家主席、中央军委主席习近平
对他的事迹作了指示

在部队，他保家卫国
到地方，他为民造福
他用自己的朴实纯粹
和淡泊名利
书写了精彩的人生
他的事迹传遍了中国
他的事迹感动了人们
人们纷纷歌唱
这位不事张扬
在山里深藏功名
六十多年的英雄

我在 5 月的
一个早晨出发
和几个同伴一起
驱车一千二百里
过荆州，经宜昌，穿恩施
黄昏时候到达来凤
我们在一个普通民宅
拜会了九十五岁的老兵

我把沿途
采撷的鲜花献给他
我把经过的城市和乡村
人们托我带达的问候
和敬意献给他
然后我用心采访
倾听人们的讲述
我拉着他的手
坐在他的身边
我用我的敬仰
我用我的虔诚
我就像他的一个儿子
静静地，静静地
从他身上来解读
一个英雄的人生
一个中国老兵的故事

第一章　红布包里的秘密

1

我们的故事
从北京开始
春天的首都
杨柳万千条
鲜花映红日

人民大会堂庄严肃穆
十三届全国人大一次会议
通过国务院机构改革方案
成立退役军人事务部
代表们森林般的手举起来
举起了一片关怀
举起了春天般的温暖
人民记住了你们
共和国的老兵

政府没有忘记
千千万万的退役军人

推翻旧世界
创造新中国
消灭一切反动派
保卫世界得和平
军人冲锋
军人陷阵
军人流血
军人牺牲
你们是共和国的功臣
你们是最可爱的人

春天，阳光灿烂
春天，万物更新
春天，新生事物成长

这个春天在首都北京
中国政府成立了专门
为退役军人服务的部门
北京和鄂西
远隔千里万里
北京的暖风
给鄂西带来温馨
各级地方政府
成立了相应的部门

2

2018 年 12 月 3 日
那个临近下班的黄昏
中国鄂西来凤县
退役军人事务局
匆匆地进来了
一位名叫张健全的中年人
负责退役军人信息采集的
工作人员聂海波
接过了张健全
递上的一只红布包
心中充满了好奇

那只红布包
很旧很旧
看得出经过岁月的磨洗
但那红没有褪色

红布包红得朴实
红布包红得深沉
那是一种积淀的红
那是一种平静的红
那是一种低调的红
红得不愿让人张扬
红得不想叫人注意

轻轻地，轻轻地
一层层打开红布包
聂海波有些好奇
屏息静气，小心翼翼
这红布包里包的什么
他完全不知道底细

早晨，父亲郑重地
递给张健全这只红布包
孩子，你替我去一趟

退役军人事务局
帮我登个记
这是中央的要求
我这个老兵要去报到
红布包里
有我个人的资料
是要登记的退役军人信息

父亲给张健全打开红布包
第一次公开了自己的秘密
张健全激动地带着红布包
先去上了一天班
临下班时才匆匆赶来
完成父亲交代的事情

轻轻地，轻轻地
一层层打开红布包
聂海波和张健全
屏息静气，小心翼翼

3

在那个傍晚
在远离北京的鄂西
一个九十四岁的老兵
让儿子拿着他的资料
到退役军人事务局登记
他是个老军人
他是个老共产党员
他在听从召唤
他在向组织报到
他让儿子替他
向组织上交了他
深藏了六十多年的秘密

红布包打开了
打开了一个
老共产党员的情怀

红布包打开了
打开了一个老兵的履历

两张泛黄的纸页
三枚军功章与勋章
纸页上有红的黑的文字
军功章勋章上有
红星，毛泽东头像
和飘展的五星红旗
一个长方形的
红布面本子
本子上是立功记录
泛黄的纸页
一张是报功书
西北野战军司令员
彭德怀签署
一张是军人证明书

姓名，张富清
西北野战军三五九旅
七一八团二营六连战士

勋章，军功章
战斗英雄
人民功臣
经过六十多年
岁月和风烟的洗礼
经历了久远的封存
没有变得暗淡
失去原有的光泽
窗外傍晚的夕阳
在这个冬日透进屋内
照射在军功章勋章上
金光熠熠
闪灼出圣洁和美丽

勋章和军功章
摆放在红色布面上
犹如一枚枚小太阳
把退役军人事务局
照得光明亮堂

张健全没有出声
聂海波没有出声
两个男人的手
情不自禁地握在一起
聂海波说：张叔
你有一个英雄的父亲
怎么从来没有听你说起
战斗英雄
人民功臣
六十多年啊
来凤不知道

鄂西不知道
湖北不知道
难道你也不知道吗？

尘封半个多世纪的军功章、勋章（朱勇/摄）

4

张健全没有出声
父亲啊，我们的父亲
姐姐们和哥哥
还有我们的母亲
在我们的眼里
你就是一个老兵
就是一个转业到地方
就是把党交给的
每一件事做好
就是吃苦在前
享受在后，时时
处处为他人着想
不占公家一分便宜
亲切随和的离休干部
就是一个意志坚强

永不退缩的退役军人
就是对子女家属
要求严格
一个严厉的父亲
一个慈祥的父亲

父亲有只旧皮箱
皮箱很旧很旧
样式很老很老
皮箱的皮面龟裂
划痕累累
把手上的铁环已经生锈
皮箱如果扔在外面
会是没人去捡的垃圾
这只皮箱，很旧的皮箱
却是父亲的宝贝
是跟着父亲一起

来到恩施来到来凤
皮箱的年龄
超过我们哥哥姐姐的年龄

皮箱搁放在
家里的矮柜上
皮箱的锁已经锈坏
用一根尼龙绳捆着
皮箱里装的
是什么好东西
哥哥问过父亲
姐姐问过父亲
大家都很好奇
父亲告诉我们
皮箱里装着的
都是他当兵时的零碎

那是过去的年月
那是往日的光阴
那些东西对你们
没有什么用处
那是我个人的纪念
我把它们放在箱底
你们干好你们的工作
你们过好你们的日子

5

聂海波在张健全
陷入沉思和回忆时
把旧红布包里的
几种证件和奖章
在信息表上详细登记
西北野战军张富清
1948 年 3 月入伍
荣立西北野战军
军一等功一次
荣立师一等功一次
荣立师二等功一次
荣立团一等功一次
被授予全军战斗英雄
被授予全师战斗英雄
被西北野战军记“特等功”
西北军政委员会

授予他“人民功臣”奖章

聂海波抑制着
内心波涛一样的激动
手中的笔一笔一画
把每个字都写得
工工整整
他要把一个后辈
对老英雄的敬仰
记录在历史的书页中

2018 年 12 月 3 日
鄂西那个普通的黄昏
一个九十四岁的老兵
报送的个人信息
那个旧红布包里
包藏了六十多年的秘密

张健全、聂海波
两个男人再次握手
共同拉开了
一个中国故事的序幕

这时，武陵山脉
静静地没入暮色
这时，酉水河面
涌动激情的浪花
这时，四十万
来凤各族儿女
这时，恩施各族父老
这时，湖北各族乡亲
这时，十四亿
中国各族人民
生活着他们的幸福
奋斗着他们的人生
舞蹈着他们的身姿

歌唱着他们的明天

明天，后天，再后天
四十万来凤人民
四百万恩施人民
五千九百万湖北人民
十四亿中国人民
将为他们的英雄骄傲
将为他们的英雄自豪
将为他们认识的
一个共和国的老兵
深深感动
然后，他们一起
举起右手
贴近额头
致敬！从北京
到鄂西，致敬
向一个中国的老兵！

第二章　战火中炼出的英雄

1

天空弥漫着硝烟
大地轰响着炮声
国民党反动派
要消灭中国共产党
把中国永远拖进黑暗
中国共产党领导
中国人民解放军
要建立一个
人民民主专政的新中国
把中国永远带进光明
民主与独裁交战
黎明与黑暗绞杀
小米加步枪
对抗全美械装备
一百三十万的解放军
和四百三十万的国民党军

交手，人民支持
解放全中国
推翻蒋家王朝
中国的土地上
打响了一场
中国人民的解放战争

这是一个春天
一个边区的春天
村边的柳树发芽了
南山的坡地冒绿了
村里的炊烟升起
东边的太阳出来
边区的太阳红艳艳
边区的太阳红艳艳
歌声把沉睡的大地惊醒
边区的农民翻了身

贫苦农民张富清
家中上无片瓦
家外下无寸土
母亲给有钱人帮佣
他和哥哥给地主当长工
干的牛马活
吃的猪狗食
家里太穷太穷
二十四岁娶不上女人
解放军打走了反动派
解放军解放了受苦人
解放军让穷人翻了身

张富清认定了共产党
张富清认定了解放军
跟共产党走
跟解放军走

去转战南北
去冲锋陷阵
去消灭反动派
解放天下受苦人

1948 年 3 月
穷苦农民张富清
在解放战争的炮火中
那个漆黑的深夜
告别了家乡
告别了他流过汗水的土地
跟着西北野战军
开始了人生新征程

2

战火纷飞啊
战火纷飞
杀声震天啊
杀声震天
战士，就是战斗的士
战斗就是你生我死
或者是你死我生
两军交战勇者胜
两军交战正义胜
农民张富清
身子瘦弱
文文静静
在连队里是个
不起眼的新兵
他参加集训

苦练杀敌本领
他日夜不歇
透出身上的狠劲
只要战斗打响
这个文弱的战士
就是一头咆哮的豹子
下山的猛虎
携带着一股力量和雄风

西北野战军横扫
负隅顽抗的敌军
一个村庄一个村庄地打
一座城市一座城市地攻
打一个胜仗
夺取一块地盘
就解放一方百姓
打仗，当兵的家常便饭

进攻，死亡时时发生
为了人民的解放事业
为了家乡父老的好日子
张富清随时准备牺牲

1948 年 6 月
壶梯山战斗
张富清任突击组长
攻下敌人碉堡一座
击毙两个敌人
缴获机枪一挺
巩固了阵地
开辟了通道
保障后续部队顺利挺进

1948 年 7 月
东马村战斗

张富清带领
六个人的突击组
攻下了敌人的碉堡
消灭了守碉堡的敌人
扫清了敌人的外围
给后续部队打下缺口
张富清受了伤
仍然坚守在战场
迎接胜利的朝阳

1948 年 9 月
临皋遭遇战开始
班长张富清
带领一班人
侦察搜索敌阵地
发现敌人之后
迅速占领制高点

机关枪手榴弹
织成了一片火网
压制住敌人的火力
完成了截击敌人的任务
配合了后续部队的总攻

七十一年后
在鄂西来凤县
一栋普通的宿舍楼里
九十五岁的张富清
一个共和国的老兵
面对一群记者的采访
老人平静地述说——
打了多少仗
我也说不清
不分白天和黑夜
只有大仗和小仗的区别

记者们难以相信
面前这位九十五岁
瘦小慈祥的老者
当年在战场上的
那种奋不顾身
那种顽强勇猛
那种出生入死
那种九死一生

张富清年轻时着军装照（朱勇/翻摄）

3

解放战争的炮声
声声轰响
蒋家王朝的宫殿
在炮声中摇荡
坍塌了，旧世界的城堡
专制独裁的统治
在炮声中颤抖
只等着最后的摧毁
黎明就要到来
曙光就在前方

国民党的部队
越打越少
人民解放军的兵力
越战越强

辽沈战役
捷报声声
淮海战役
军旗飘扬
平津战役
号角嘹亮
黎明前的黑暗里
反动派在做最后抵抗
民心和民主
所向披靡
专制和腐朽
面临失败的下场

1948 年 11 月 27 日
陕西蒲城永丰
胡宗南的精锐
第七十六军

被西北野战军
围困在长 600 米
宽 300 米的城堡中
困兽犹斗歇斯底里
解放军紧咬不放松
两军惨烈交手
硝烟遮天蔽日
攻进永丰城堡
扫除进军障碍
消灭第七十六军
活捉敌军长
三五九旅作为主攻
张富清和他的连队
扑上去像猛虎凌空

战斗从傍晚开始
战火把夜色映红

步枪机关枪
和大炮齐响
手榴弹伴着炸药包
在敌阵炸开
照明弹划破
夜空的黑暗
冲锋号召集起
一次次强攻
敌人火力太猛
敌阵火网难撕
突击队一夜之间
换了三个营长
和八个连长
战友们伤亡惨重

张富清接到命令
他和两个战士

组成突击组
去炸掉敌人的两座碉堡

黑暗里他们匍匐前进
借着夜色掩护
他们避开敌人的火力
他们带着炸药包
他们绑着手榴弹
他们提着冲锋枪
一步步地向前移动
为部队扫平道路
他们没有打算回来
他们准备光荣牺牲

一寸一寸移动
一尺一尺前进
选择敌人火力的死角

朝城墙接近
他们到达城墙
他们扒着城墙的
砖缝攀登
三人爬到了城墙上
张富清第一个
高喊着跳进城墙内
十几个敌人扑上来
张富清端起冲锋枪
一阵突突之后
敌人倒下一群

这时，一颗子弹
朝张富清飞过来
张富清把头一低
子弹擦过他的头皮
张富清感到被人

狠狠打了一闷棍
他摆了摆头
摆去了一阵眩晕
敌人碉堡火力正猛
不能有片刻犹豫
两个战友作掩护
他抱着炸药包
提着手榴弹
把身子贴在地面
朝碉堡匍匐着靠近
一寸一寸
一尺一尺
终于，他的手
摸到了碉堡的墙基

碉堡底下都是石壁
张富清希望摸到凹凸

或者有一片坎子
但是没有
到处都是光光溜溜
把碉堡炸掉
让碉堡里的火力停息
叫碉堡里的敌人
飞上天去
张富清心里很急很急
必须找一个
放炸药的地方
碉堡里的火力不停
战友们的冲锋
就会受到阻击

张富清头脑里
突然跳出一个名字
董存瑞，东北野战军的英雄

在解放河北隆化时
为了炸掉碉堡
董存瑞手举炸药包
拉着了导火索
为战友扫平道路
自己光荣牺牲
张富清打算学董存瑞
抱着炸药贴近碉堡
用自己的身体作支撑
把碉堡炸掉
就在张富清贴近墙壁
他的手摸到
碉堡底座下的泥土
可能是泥土上的
石块被炸弹炸飞
张富清心中一阵惊喜
他飞快地拔出刺刀

在那块泥土上挖了个坑
他把炸药包放进坑里
再将八颗手榴弹
和炸药包绑在一起
他在几分钟之内
埋好了炸药包和手榴弹
然后拉开了
手榴弹的拉环
自己的身体缩紧
往黑暗中一个翻滚
滚到一堵土墙后趴下

啊，一声惊天动地
啊，轰隆声响彻夜空
那火柱在夜空飞升
是美丽的舞蹈
那大地摇晃

是穷人渴盼翻身
敌人的碉堡炸毁了
敌人的碉堡飞上天
解放军喊杀声
盖过了枪炮声
战友们发动了又一次冲锋

张富清翻滚到
两个突击队员身边
三个人悄悄商议
立即向第二座碉堡运动
碉堡里的火力
还在喷吐着死亡
压住了前进的解放军
两个突击队员
要求上去炸碉堡
让张富清掩护

张富清决定还是自己上
他有炸第一座碉堡的经验
他是突击组长
让两个战友服从命令
张富清抱着炸药包
提着手榴弹
用同样的办法
向碉堡靠近
挖坑洞放炸药
八颗手榴弹相绑
拉开手榴弹拉环
一个翻滚
啊，又一声惊天动地
啊，又一次轰隆声响彻夜空
张富清，人民战士
人民战士，张富清
炸毁了两座碉堡

清扫了部队
进军的通道
铲除了夺取永丰的
两只拦路的恶虎

4

1948 年 11 月 28 日
拂晓，主力部队发起总攻
冲锋号嘀嘀嘀嗒
分外响亮
战士们的喊杀声
激越在黎明
这天上午 10 时
永丰回到人民手里
胡宗南的精锐
七十六军
被西北野战军全歼
七十六军军长当了俘虏
永丰之战获得全胜

永丰之战结束

张富清从前线下来
血肉模糊
那颗子弹
擦过他的头顶
掀开了他的头皮
子弹若再往下一点
张富清必死无疑

打扫战场
张富清到处寻找
他的两名战友
他的两名战友
都已光荣牺牲
张富清再也见不到他们
七十年后
张富清说起
他的两名突击队员

说起部队牺牲的战友
老人潸然泪下
痛哭失声

永丰之战胜利庆功会
锣鼓喧天
军号嘹亮
军旗招展
西北野战军
司令员彭德怀
亲自表彰立功人员
王震将军
拿起一等军功章
亲自为张富清佩戴
同时授予张富清
西北野战军战斗英雄称号

一张彭德怀签署的报功书
送到陕西洋县
张富清的家里
思念弟弟的哥哥
盼儿归来的母亲
才知道张富清还活着
报功书驰报鸿禧
张富清是战斗英雄
母亲把报功书
珍藏多年
1954 年张富清探家
母亲才把报功书
交到张富清手中

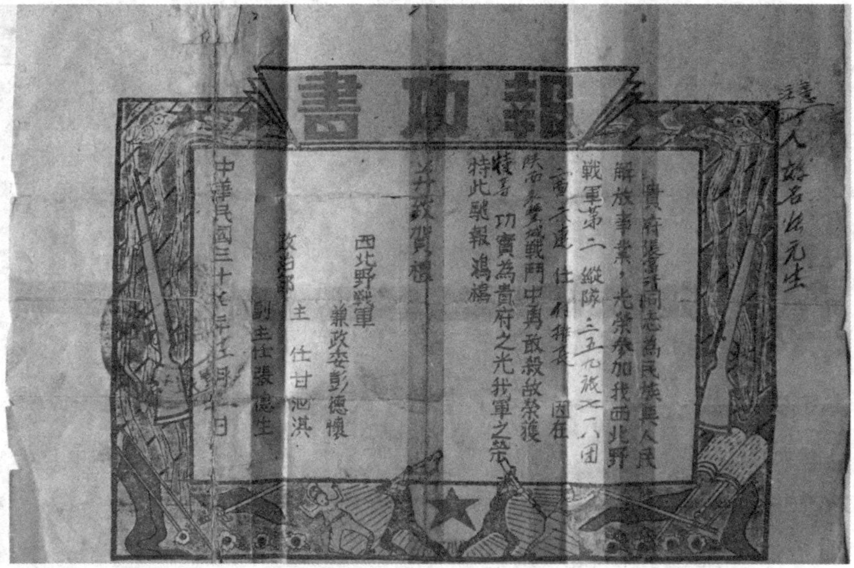
報功書
貴府張富清同志為民族與人民
解放事業，光榮參加我西北野
戰軍第二縱隊三五九旅七一八團
任 排長 因在
戰鬥中英勇殺敵榮獲
功實為貴府之光我軍之榮
特此馳報鴻禧
致賀禮
西北野戰軍
兼政委彭德懷
政治部 主 任甘泗淇
副主任張德生
中華民國三十七年 月 日

张富清当年的报功书（朱勇／摄）

第三章　八千里路云和月

1

北京，天安门广场
彩旗迎风飘扬
蓝天，白云
和平鸽一群群飞过
钢铁雄鹰翱翔
大红灯笼高悬着
庆祝中华人民共和国成立
中央人民政府万岁
中华人民共和国万岁
巨幅标语在广场上空
和三十万军民一起
沐浴着灿烂阳光

1949 年 10 月 1 日
下午 3 时

天安门城楼
那个高大的身影站立
那个湖南口音宣布
中华人民共和国
中央人民政府
今天成立了
雄壮的国歌声中
毛泽东主席
按动电钮
第一面五星红旗
在笔立的旗杆上
缓缓升起，升起
就像太阳升起在清晨

啊，五星红旗
由两千万革命先烈的鲜血
由三百七十万

中国共产党党员的生命
换来的旗帜
染红的旗帜
在中国的天空飘扬
飘扬出一个民族
猎猎的风采
飘扬出中国人民的
吐气扬眉

啊，五星红旗
哗啦啦飘扬
飘扬出四万万五千万
中华儿女的追求与理想

啊，五星红旗
哗啦啦飘扬
飘扬出先烈们

在九天的微笑

他们嘱托
活着的共产党人
将革命进行到底
建设一个新中国
对革命事业永不懈怠
殚精竭虑

五十四门礼炮
齐鸣二十八响
海陆空三军受阅部队
昭示了中国人民解放军
从胜利走向胜利的
雄心和壮志
被赶到台湾岛上
蒋介石和他的残兵

看着新中国成立
望洋兴叹
隔着海峡悲泣

阅兵式之后
朱德总司令
发布中国人民解放军
总部的命令
迅速肃清
国民党反动军队的残余
解放一切
尚未解放的国土
肃清土匪
和一切反革命匪徒
镇压他们的
一切捣乱和反抗
粉碎反动派的
阴谋和诡计

2

朱德总司令的命令
消灭残余匪徒
解放尚未解放的国土
迅速下达到军中
张富清所在的部队
从陕西转战
甘肃酒泉
再从甘肃酒泉
转战到新疆喀什
从西北到西北
再到更西北
一路征战
长途行军
消灭残余匪徒
解放所到国土

让五星红旗
飘扬在每一个
城市和乡村

陕西到甘肃酒泉
甘肃酒泉到
新疆喀什
三千九百九十八公里
刚好是八千里路啊
八千里路云和月
驾长车踏破
贺兰山缺
仰天长啸
壮怀激烈
收拾旧山河啊
向北京报捷

第一野战军向西北
痛打顽抗之敌
犹如秋风扫落叶
解放国土
建立人民政权
张富清和他的战友啊
风餐露宿
酷暑蒸烤
严霜冷冻
踏冰卧雪
日攻夜袭
炮火猛烈
战斗残酷
牺牲流血
张富清担任连长
带着他的连队
向着西北
解放旧山河啊

再苦再险志不灭

战争让这个陕南
农民的儿子
成长为一个共产党员
成长为一个英勇善战
敢于流血流汗
穿行西北八千里的雄鹰
无数战友倒下了
张富清还活着
他要为牺牲的战友而活
他要完成战友们的遗愿
为人民而战
为祖国而生

每当想起牺牲的战友，张富清总是泪流满面（朱勇 / 摄）

3

那个亲自给张富清
佩戴军功章的首长
铁血三五九旅的旅长
大胡子将军王震
长征二万五千里
南泥湾开荒
自己动手
丰衣足食
是张富清心中的偶像
是中国军人中的传奇
王震带领部队进疆
张富清为自己是他的部下
而骄傲
铁血劲旅打硬仗
铁血劲旅的兵是强兵

张富清和他的战友
成为守卫南疆的白杨树
经风雨
迎朔风
根儿深，干儿壮
枝繁叶茂守边防

新中国成立
人民民主专政
蒋介石的主子
美帝国主义哪能甘心
出兵侵略朝鲜
把战火烧到中国边境
毛主席一声令下
雄赳赳，气昂昂
跨过鸭绿江
保和平，卫祖国

就是保家乡
中国人民志愿军
入朝作战
狠揍美帝野心狼
张富清多么希望
他们的部队开到朝鲜
他要与侵略者
刺刀见红
他要叫美国佬尝尝
中国人民的铁拳头
他要打得美国佬头破血流
哭爹叫娘

1953 年的新疆
又是一个春天
白杨树经过严冬的考验
更加茁壮

傲然挺立
张富清接到命令
立即出疆进京
与各军区抽调的
一百名连级以上
有作战经验的干部
先到北京集训
然后赴朝作战

这一天终于等来了
张富清心中十分激动
打好背包
告别战友
告别军营的白杨树
白杨树扬枝挥叶
发出沙沙的声音
它们为张富清送行

它们为张富清高兴

新疆喀什
到首都北京
三千九百六十八公里
又是一个八千里啊
八千里路云和月
八千里路风和雨
张富清与同行战友
开始了艰难的行程
千里戈壁
无际无涯
许多路段只能步行
张富清与战友
背着背包
清晨赶路
夜晚露宿

一双脚走得
皮开肉绽
通过戈壁滩时
气候干燥
口鼻流血
啊，八千里行军路
张富清和战友
用一双铁脚
一步步丈量
晨晨昏昏
昏昏晨晨
一天一天又一天
张富清和战友
终于到达北京

4

北京，张富清
心中想念的地方
毛主席朱总司令
领导人民和军队的地方
天安门广场
三军接受检阅的地方
天安门城楼
毛主席宣布
新中国成立的地方
张富清与战友
到中央军委报到
军委首长见这批人
走了太远的路
身体极度疲惫
给了他们几天假

让他们休整休整

张富清不顾旅途的劳累
来到天安门广场
看到天安门城楼
张富清对着广场上
升起的五星红旗
行了一个长长的军礼

休整期结束
军委首长接见
告诉他们一个消息
这是个极好的消息
这是个“不好”的消息

这是个极好的消息
朝鲜战争

准备签订停战协定
美国侵略者
被中朝人民打到
谈判桌边
终于被打得服了气
老老实实签了字
抗美援朝胜利了
中朝人民的胜利
让全世界瞪大了
惊奇的眼睛

这是个“不好”的消息
张富清感到
有一些郁闷
八千里路行军
本想入朝作战
没想到轮不到他入朝

美帝国主义就举了降旗
没能和美国佬交手
没能用蓄足的力气
狠揍这些
侵略别国的强盗
他感到遗憾
他感到憋气

但这终究是个好消息
停止战斗
签署停战协定
打出了一个和平
这是张富清
和他的战友
最终极的目的

5

入朝作战的
命令撤销
中央军委决定
对张富清这批军人
进行文化补习
丰富他们的知识
把他们培养成
建设新中国的
一批精英
张富清被派到
解放军防空部队
文化速成中学学习

暗淡了刀光剑影
远去了鼓角争鸣

打仗最终还是建设
战争最后还是和平
社会主义新中国
需要千千万万的建设者
学好文化知识
提高思想水平
张富清服从命令
党指向哪
他就打向哪
过去上战场
不怕流血牺牲
今天学文化
他也像打仗一样
毫不犹豫朝前冲
攻克文化堡垒
就要拿出当年
炸碉堡的那股狠劲

防空部队文化速成中学
在武汉
从北京到武汉
一千一百九十八公里
打起背包
张富清踏上新征程

6

武汉，九省通衢
两江交汇
三镇鼎立
东湖浩瀚
龟蛇锁江
黄鹤楼头看白云千载
晴川阁上听高山流水
张富清，农民子弟
没有进过学堂门
六年军旅生涯
如今当起学生

像战士进入战场
向文化发起冲锋
课堂上教官讲课

他句句铭记
课堂下刻苦攻读
他虚心求教
起床号响
他已自习一个时辰
熄灯号响
他还在路灯下背诵
一本《新华字典》
被他翻卷了角
一叠练习簿
写满了他的作业
作业都是 4 分 5 分

六百个日夜过去了
六百个日夜啊
张富清只做
一件事情

那就是学习，学习
他无暇去看都市的繁华
他无心去赏东湖的风景
他无暇去拜访崔颢的黄鹤
他无心去觅钟子期的知音

1954 年 12 月
张富清在速成中学毕业
张富清考试的成绩
语文、数学、地理
政治、历史、自然
门门功课
都是 4 分 5 分
张富清以优异成绩毕业

毕业之后去哪里
张富清只有一个目标

听党派遣
到最艰苦的地方去
奉献他的人生

张富清退伍证上的照片（朱勇/翻摄）

第四章　共产党人的初心

1

1948 年啊
苦难深重的中国
冲破黎明前的黑暗
解放的炮火
正在摧毁着一个
专制王朝的城垣
新旧之战激烈开展
张富清所在的部队
每天都在战斗
每天都有牺牲
共产党员在战场
最危险的地方
冲上去，把生
留给战友，把伤亡
留给自己

共产党人的精神
深深地感动了
入伍不久的战士
张富清也要当一名
中国共产党党员
他向党组织提出了申请

战斗中，张富清
把自己当成
一名共产党员
最危险的地方
他抢着冲上去
最困难的时候
出现他攻坚的身影
战火，把一个农民
冶炼得坚强英勇
战争，让一个战士

成长为一个
有追求
有理想
立志为人民为祖国
奉献热血的人

1948 年 8 月
根据张富清的表现
连长李文才
指导员肖友恩
介绍张富清
加入了中国共产党
站在鲜红的党旗下
对着党旗上的镰刀和锤头
张富清举手宣誓
我志愿参加共产党
跟毛主席走

一心一意为人民服务
不怕牺牲与困难
为共产主义的实现
奋斗到底

共产党员张富清
把入党的誓言
融入自己的
血液和生命
把自己的一切
交给党
转战南北七十一年
始终牢记
共产党员的理想
始终牢记
一个共产党员的初心

2

1955 年新年刚过
张富清毕业于速成中学不久
那是个社会主义
大建设的年代
那是个到处
缺少领导建设事业的
干部的时候
党组织向学员宣布
你们可以留在城市
你们可以回到家乡
你们还可以选择
自己想去的地方
但无论在哪里
你们不是去当官
你们不是去享受

你们都是
建设社会主义的骨干
你们要在每一个地方
生根开花结果
把那个地方
建设得繁荣富强

1954 年张富清
第一次回家探亲
看望了慈爱的老母
和勤劳的兄长
探亲期间
认识了孙玉兰
两人确定了恋爱关系
说好张富清毕业后
两人就结婚

现在他正好回老家
老婆孩子热炕头
在母亲跟前
尽尽儿子的孝心
当然，他也可以
留在城里
参加城市
社会主义建设
城市生活条件会更好
发展空间会更大
共产党员在哪里
都能发挥作用

但是，这时最需要
干部的地方
是一些老少边穷地区

湖北恩施
既老少又边穷
当年贺龙闹革命
活动就在湘鄂西
土家族苗族聚居地
少数民族的生活更苦
恩施紧邻湖南四川
是三省交界的边远地区
恩施那时经济落后
山高路远人稀
恩施的建设需要
勇于献身的党员干部
需要党员干部
带领山区人民走出贫穷

张富清没有第二个选择
张富清的选择只有唯一

他是一个共产党员
党员的责任时刻牢记
到恩施去
到最艰苦的地方去
到最需要他作奉献的地方去
恩施最偏远的地方
是来凤县
来凤一脚踏三省
全国第一个
土家族自治县
凤凰飞来的地方
名字叫得美丽
却是天无三日晴
地无三分平
人无三分银
张富清选择了她
从此他把来凤当家乡
把自己当作来凤的儿子

3

1955 年 1 月
正是冬天
气候的寒冷
压不过张富清
心中的一股激情
他写信告诉母亲
自己转业到来凤
让未婚妻孙玉兰
到武汉与他相聚
夫妻双双到鄂西

张富清收拾行装
军功章
立功证
报功书

用一块红布包裹
放在一只皮箱的箱底
他在心中
封存戎马倥偬的岁月
封存他战斗英雄
人民功臣的荣誉
一个共产党员的
万里长征
重新开始

张富清面前
有一条新路
那是党指引的路
那是他自己选择的路
他将一步步走下去
不论如何艰险
不论有多少坎坷

他都一往无前
心无旁骛
永不退缩
不达目的不罢休

那是一条进山的路啊
向西，向西
还是向西
武汉到恩施
张富清和孙玉兰
整整走了五天
从恩施到来凤
他们又走了两天
虽然有时乘船坐车
但是大部分山路
靠他们徒步行走

北风呼呼吼叫
大风裹挟着雪子
打得人脸上发麻
山坡积雪皑皑
山路结着厚冰
雪压大树弯腰
冰冻枯草遍野
张富清和孙玉兰
翻过一座座山
跨过一道道水
大约翻了
九九八十一座山
大约过了
八八六十四道河
千里迢迢路啊
如战士的衷肠
向大山里延伸

来凤城里翔凤山
张开凤翅迎远客
来凤城边西水河
流水潺潺响歌声
张富清，孙玉兰
从此成了来凤人

4

粮食是生命的能源
没有粮食
人类就无法生存
毛泽东主席说过
手中有粮
心中不慌
脚踏实地
喜气洋洋
打仗需要粮食
人马未动
粮草先行
建设需要粮食
吃饱了饭
才有干活的劲

张富清到来凤
担任的第一个职务
城关粮管所主任
这个岗位级别不高
却十分重要
搞工业建设
要粮食
搞合作化运动
要粮食
百废待兴啊
国家贫困
把有限的粮食
管理好，安排好
让人民生活得到保障
有效调剂
合理分配
把好钢用在刀刃上

让粮食资源
发挥最大的作用
这个过去只懂
种田打仗的主任
熟悉情况
钻研业务
每天他上班最早
下班他总是最后一名
在他的任内
来凤城关居民
粮食供应及时
有条不紊

5

六十四年后
张富清已是
九十五岁的老人
说起他这一生
最大的遗憾
就是对不起母亲
父亲早逝
母亲生他养他
母亲含辛茹苦
把他们兄弟抚养成人
他参军离开家乡
转战西北
和平时期他听从召唤
到远离家乡的地方
奉献自己的热血与青春

张富清在三胡工作时
家乡来信
母亲病重
当时他正在乡下奔波
回城后又接到
母亲已逝的电报
回家奔丧
儿子的责任
但是这时他若离开
群众的粮食供给
将会无法保障
来凤到洋县
路途遥远
来回最少二十天
这会耽搁许多事情

静夜思母

他扪心长跪
热泪满襟
母亲啊，恕儿不孝
你教儿干好工作
你教儿跟党革命
你教儿不向组织提要求
你教儿要为国家分忧
自古忠孝难两全
母亲啊，恕儿不孝
儿愿你在天国安宁
儿在鄂西山里
为党工作
儿在第二故乡
服务人民
儿干好工作
就是为你尽孝
儿为人民作出贡献

慰你在天之灵

张富清啊
共产党人
共和国的老兵
为了工作
为了人民
你作出了巨大的牺牲

六十四年
扎根深山
1955 年转业
到 1985 年离休
张富清四方转战
从粮管所调到
三胡区当副区长
从三胡区调到卯洞公社

担任副主任
从卯洞公社再回县城
当建设银行副行长
最后离休才卸任

在三胡区
正遇国家经济调整
各单位精减员工
他让妻子孙玉兰
从供销社主动下岗
给别人作出榜样
在卯洞公社
要给悬崖上的高洞村寨
修通公路
他主动接下这最难的任务
他身先士卒
吃住在工地

一百二十个日夜啊
海拔近一千米的高洞
盘山公路终于畅通
圆了两千高洞苗家儿女
世世代代的梦
到建行当副行长
住到最大贷款户县煤矿
和矿上员工一起
解决生产的困难
帮助煤炭销售
县建行贷出去的款子
按时回收
没一笔呆账
张富清作出了榜样

啊，退役军人张富清
啊，共产党员张富清

党把你安排在哪里
你在哪里都让党放心
你干一行爱一行
行行有建树
行行出成绩
你对困难
从不屈服
你对职务
不讲高低
你对信仰
从不改变
你对共产党
绝对忠诚
你对人民
无比热忱
你牢记入党誓言中的
共产党员的使命
不忘初心

这条路边的山上，还依稀能够看到当年张富清带领群众炸山开路的痕迹（朱勇 / 摄）

第五章　爱的相随是永远

1

什么是爱情
答案有许多种
楼前月下
花丛柳荫
门当户对
不是高官不嫁
不是富户不娶
郎才女貌
不是俊男不爱
不是美女不要
革命者的爱情
刑场举行婚礼
封建主义“爱情”
三妻四妾
资本主义“爱情”

金钱财富
志同道合是爱情
沆瀣一气是“爱情”
共同理想走到一起
相同追求厮守一生
枪林弹雨并肩
苦难岁月与共
革命爱情可歌可泣
美好爱情青史留名
中国有多少爱情故事
人间有多少才子佳人

我们的故事
也要写到爱情
九十五岁张富清
八十四岁孙玉兰
他们迄今六十五年的婚姻

如黄金般闪亮
如钻石般坚强
一生相伴不离
一路相伴不弃

他们没有在人前
述说他们的相爱
他们没有在人后
述说他们的相知
他们没有卿卿我我
他们没有花前月下
但我凭诗人的敏感
探究他们的相随
我从他们的眼里
看到了一种深爱
我从他们的经历
体悟到一种挚情

2

张富清与孙玉兰
两人同一个村子
张富清参军时
孙玉兰情窦未开

张富清的报功书
寄到村里
村里人纷纷谈论
他们的战斗英雄

少女的心动了
那个当兵的哥哥
在她心里显得
那么可爱可亲
她祈盼当兵的哥哥打胜仗

她等待当兵的哥哥回家乡
她终于等到 1954 年
张富清唯一的一次
回家探亲

当兵的哥哥回来了
当兵的哥哥好英俊
共青团员孙玉兰
十九岁的村妇女主任
见了心中的哥哥心儿跳
见了心中的哥哥脸儿红
有空就往张家去
帮助伯母做事情
闲时听哥哥讲故事
炸碉堡，杀敌人
哥哥妹妹心相近
两家的长辈一合计

两人异口同声说同意
孙玉兰当上了
张富清的未婚妻
张富清大孙玉兰十一岁
哥哥是英雄
妹妹敬英雄
两人心中没距离

3

张富清转业到鄂西
孙玉兰毫不犹豫
千里迢迢从家乡赶来
和张富清一起去
走那弯弯山路
过那潺潺小溪
武汉到来凤
两人日行夜宿
走了一个星期
从此来凤成了
他们的家
从此来凤多了
一对好夫妻
张富清在单位
一心用在工作上

孙玉兰主内
搞好后勤服务
照顾好张富清的身体

他们在来凤
生养了四个儿女
睡觉起床
吃饭穿衣
上学读书
放学作业
全凭妈妈一双手
都要妈妈来打理
他们的爸爸忙工作
他们的爸爸天亮不见人
他们的爸爸天晚不见归
他们的爸爸在单位
十天半月不回家是常事

孙玉兰，农民的女儿
孙玉兰，当年的共青团员
村妇女主任
你有过怨言
你有过后悔没有？
你没有怨言
你没有后悔
你把孩子们
生活起居
身体学习
安排得好好的
你不怕苦不怕累
你日夜操持
你知道你的丈夫
是在为党工作
是在为人民服务
是在履行自己的誓言

是在为建设来凤
奉献心力

4

真正的爱情
在于相知
在于理解
还有牺牲
而且几十年不变
历经岁月
长久不移

三胡区副区长
张富清，是县里
资历最老的人
那是 60 年代初
正值三年困难时期
国家进行经济调整
精减公职人员
孙玉兰是区供销社员工

工作尽心尽职
为了减轻国家负担
做好精减工作
张富清让她下岗
干部的家属带头
其他人的工作才好做通
孙玉兰感到委屈
孙玉兰开始不理解
但是为了支持丈夫
她放下了铁饭碗
离了公职自力更生

那是一段困难的岁月
孙玉兰这个从边区
来到来凤的村妇女主任
一个副区长的妻子
从此没有了工作

一家六口人的生活
只靠张富清一人的工资
减轻国家困难
人人有责
大家共担
减轻家里的困难
只有依靠自己

苦啊，太苦了
吃穿用度
养育子女
孙玉兰必须承担
还要尽力支持丈夫
孙玉兰知道
他的头上有弹痕
他的腋下有烧伤
他的牙齿被炮弹震松

已经快要脱落
他的身上有七处伤痕啊
他的皮箱里装着
报功书与立功证
还有那些军功章
他还是战斗英雄
他不向组织说
他不给同事说
对孩子们也不吭一声

丈夫张富清啊
他想的是国家利益
他想的是党的要求
他唯独没有想到的
是他的家和自己
孙玉兰想通了
孙玉兰理解了

孙玉兰要永远
和丈夫站在一起
用她瘦弱的身躯
成为他有力的支撑
没有工作找工作
孙玉兰给人当保姆
每天忙完家里事
就去别人家里做饭
做清洁，包洗衣
早晨披星出门
晚上戴月归家
孩子们见妈妈太累
都帮妈妈做事
弟弟照顾妹妹
哥哥照顾弟弟

孙玉兰太累

张富清看着心疼
夜里他抱着妻子
抚着妻子柔弱的肩膀
张富清默默无语
孙玉兰偎在
丈夫的怀里
反过来安慰丈夫
请你放心
我没问题
只要你的工作顺利
我做的一切都值

孙玉兰在家里养猪
割猪草，煮猪食
采野菜，捡枯枝
把几头肉猪
养得肥肥壮壮

自己却舍不得杀了吃
把猪牵去卖了
换了钱回来
补贴家用
让孩子好好读书
孙玉兰上山砍柴
背着柴火下山
沉重的柴捆
压得她汗流浃背
浑身透湿
为了支持丈夫
孙玉兰能受千般辛苦
她无怨无悔
她在用自己的双肩
担起贫困家庭的担子
让丈夫工作不分心

孙玉兰拜师学手艺
在家里做缝纫
帮人缝缝补补
帮人做衣服
再重的担子
也压不弯这个边区
妇女主任的腰肢
凭着自己的手艺
孙玉兰最后进了
手工业联社这个集体
自己缴纳养老金
到退休时
她才有一份养老的工资

当张富清八十八岁时
左腿因病高位截肢
孙玉兰就是他的拐杖

给丈夫悉心的照顾
老爷爷老奶奶
相携相扶
成了来凤城里
一道感动人的风景

啊，我要歌颂
张富清孙玉兰的爱情
这是一种纯朴的爱
这是一种诚挚的爱
这是一种无私的爱
这是一种奉献的爱
这是一种无声无响
互相理解互相支持
紧紧相随不可分离
天长地久
没有绝期

直至永远的爱
张富清孙玉兰
默默地书写
共同地营造
在这武陵山区
在这西水河畔
在这边远的小城
一个大爱
一个能够
留给青史的爱！

张富清与孙玉兰一起整理军装（朱勇 / 摄）

第六章　清风两袖一身廉

1

来凤城
翔凤山
喜逢佳信飞凤凰
武陵秀峰走长龙
酉水千里入大江

来凤有个张富清
六十多年
深藏功与名
一辈子不改本色
坚守初心
牢记使命
一位入党七十一年的
共产党员啊
一位参加革命七十一年的

共和国退役老兵

各级媒体争相报道
各路记者蜂拥而至
一心为民的事迹
犹如春风传遍了
神州大地城镇乡村
来凤的山山水水
来凤的四十万人民
人人为自己的英雄骄傲
人人把英雄的事迹
交口称颂

我在酉水河边
与一位大爷相遇
雨后初晴
远处的山青

近处的水清
我与大爷谈着
来凤的英雄——

张老爷子啊
我们熟悉
过去常在一起溜达
菜场买菜见面
谈头天电视里播的新闻
哪里知道这老爷子
是个战斗英雄
立了那么多的战功
证书奖章一大包
老爷子从来不吱声
老爷子早年
家大口阔，生活困难
一家六口

只靠他一个人的工资
老爷子从不向组织
提出任何要求
他要是把他的
证书军功章拿出来
政府和单位一定会照顾
老爷子啊闷声不响
有困难自己克服
竭尽全力做好
组织上交给他的事情
不像有些人
功不功，名不名
见了利益就上
见了职位就要
见了好处就捞
见了困难就跑

2

来凤县城
酉水河边
一个普通大爷的话
令我思考深沉

党的十八大以来
以习近平同志为核心的党中央
反腐倡廉出重拳
打老虎拍苍蝇
一些变质的国家干部
一些腐化堕落分子
在反腐风暴中
纷纷落马
这些人行贿受贿
贪污钱财
将国家的资产

划归自己的名下
利用手中的权力
满足私欲
给人办事要好处
你送他钱
他就让你得利
这些人无视党纪国法
他们是社会的毒瘤
他们是人中的败类

革命先辈流血牺牲
打下的红色江山
绝不能在这些蛀虫手里
腐蚀溃烂
在反腐斗争中
这些人纷纷落马
在监狱里反思后悔

可惜为时已晚
他们也追求过进步
他们也曾是共产党员
但他们忘却了初心
忘却了使命
只落得身败名裂
跌落进罪恶的深渊

让这些贪官污吏
让这些违犯党纪国法者
在英雄张富清面前
拿出自己的灵魂
和英雄的灵魂比一比
谁干净谁污浊
什么是红什么是黑
什么是廉什么是贪
什么是真共产党员

什么是假共产党员
人民一目了然

3

在县建行宿舍
一幢五层的旧楼
二楼一套普通居室
张富清孙玉兰
还有他们患病的大女儿
在此居住
旧沙发旧茶几
旧饭桌旧电视
木板床五屉柜
显露出岁月的印记

两位老人
坐在桌边吃早餐
馒头、稀饭、青菜
慈祥的面容
温馨的笑靥

家里干净整洁
墙壁地面家具
一尘不染，两位老人
平和安详
九十五岁的老兵
淡泊朴实
两袖清风

我出生在 50 年代
三年严重困难时期
吃过树叶和野菜
体会过饥饿的感觉
我与张建国这个
张富清的大儿子
谈他的父亲

那时口粮供应少

家里孩子多
母亲难为无米炊
到处挖野菜剥树皮
我们吃得眼睛发绿
还是饿啊
1975 年以前
我就没吃过饱饭
张建国说得声音哽咽
父亲是粮管所主任
他管着粮食
但那是城关镇
五千人的口粮啊
他自己也饿
他尽最大的努力
严格按照指标
保证居民的供应
妻子儿女吃不饱

他不拿粮食回家
守着河水口渴
守着棉衣挨冻
守着粮食挨饿
那都是公家的啊

他没拿公家一把面
他没拿公家一粒米
他当时有职有权
他拿点粮食回家
让妻子儿女吃一顿饱饭
没人指责也没人知道
他就看着妻子儿女挨饿
他驻守着一道大堤
这就是廉洁
这就是无私
这就是共产党员的

思想标准
这就是共和国老兵的
前沿阵地

4

那年，三胡区副区长
南下的干部张富清
执行国家精减人员
进行经济调整政策
第一个让妻子下岗
放下铁饭碗自己谋生
他为什么不凭
自己的职权与资历
保住妻子的工作
他为什么只知道执行
不想想自己的妻子
下岗之后何以生存
他只知道自己是共产党员
共产党员的誓言
就是为了人民的利益
带头作出牺牲

此后二十年
他也没有利用职权
再让妻子进一个公职部门

那年，卯洞公社副主任
退役老兵张富清
得知大儿子张建国
一个刚毕业的高中生
符合各项条件
准备招工到恩施
这本是一件好事情
张富清得知这一消息
动员儿子放弃

他让儿子到卯洞山里
万亩林场当知青
在生活中锻炼提高自己

我是你的父亲
但我是共产党的干部
如果我们的子女
得到了工作安排
群众就会对我们
失去起码的信任
在实践中去学习
去提高，才能选准人生路
这样的路才越走越踏实

张建国听父亲的话
扎根林场多年
吃苦耐劳住茅棚
植树造林
开荒种地
后来入了党
提了干

像父亲一样
为党工作为人民服务

张建国兄妹
有这样一位父亲
他们没有找门路
他们没有走捷径
父亲不给他们找工作
父亲不给他们谋出路
父亲的言传身教是榜样
父亲的以身作则是力量
几个子女凭自己的努力
考学招干，成家立业
在社会上站稳脚跟

张富清的大家庭
有六个共产党员

张富清的子孙
继承的是
跟共产党走
为人民作奉献的家传精神

5

张富清当官
是给人民当服务员
他分管的钱财
经他手的成千上万
卯洞公社当副主任
分管着供销社
卯洞造船厂
和金丝桐油经销
都是有钱有物的部门
供销社物资供应
联系着群众的生产生活
卯洞造船厂的木船
湘鄂川赫赫有名
金丝桐油走俏全国
是出口换汇的重要商品

张富清坐在金山上
不取一分文
物资和财富是国家的
管理者只有
管理销售的责任
如果向财物伸手
就是犯罪
就是非分
共产党员只能付出
不能窃取
窃取贪占就是罪人

政府清理借支
长长的借款名单中
没有张富清的名字
张富清一家
生活经常捉襟见肘

张富清没有向公家借一分钱
没有一次向组织
提出困难补助申请

在工作岗位三十年
张富清廉洁清正
身子干干净净
如武陵白云
没有一丝污点
像酉水绿波
没有浑浊的波纹

离休后张富清看病
医药费全报
他吃的降压药片
吃完就锁在抽屉里
不让家里的高血压患者

吃他的降压药
不许占公家的便宜
孩子们理解他
他一辈子
就是这样做事
他一辈子
就是这样做人

张富清患白内障
到恩施做手术
需要植入人工晶体
领导关心老人
让他植入七千元的产品
同病房的病友
是个农民
植入一只三千元的晶体
张富清选了

同农民病友一样的
三千元的产品
虽说我的医药费全报
但少让国家出钱
为人民节约一分算一分

啊，张富清
真正的革命战士
优秀的共产党人
一身廉洁
两袖清风
张富清，矗立在
武陵山脉的一座高山
我们，所有的后来者
向他致敬！
向他致敬！

第七章　永不倒下的战士

1

战士在战场
冲锋陷阵
把军旗插上城头
踏破战火硝烟
一往无前
战士走下战场
铸剑为犁
建设祖国

上战场下战场
战士不变样
战场上倒下，只要不死
再爬起来冲锋
战场下病倒
只要还有一口气

就会挣扎着站起来工作

倒下，不属于战士
屈服，不属于战士
战场上战场下
战士屹立不倒
我们屹立不倒的战士啊
一个共和国的老兵

2

2012 年 8 月
那是个严酷的夏天
那是个黑色的夏天
八十八岁的张富清
被病魔袭击
左膝关节被细菌感染
引发了败血症
持续高烧不退
老人昏迷不醒

他走很远很远的路
他爬过一道道山岭
他望见了前方的军旗
他听见了前进的号音
战士们冲上去了

敌军的子弹飞如蝗虫
许多战士倒下了
他端着冲锋枪
冲上去！冲上去
但是无法站起

站起来！站起来
他命令自己
去支援战友
去攻下敌人的阵地
他再一次努力
他竭尽全身力气
他大声喊叫
让我站起来！

爸爸，爸爸
爷爷，爷爷

太爷爷，太爷爷
他听见儿子在叫
他听见孙儿在叫
他听见三岁的重孙子
稚嫩的呼声

他睁开了眼睛
膝部的剧痛
他大汗淋漓
啊，战友倒下
连长牺牲
他呜呜哭着
却发现自己躺在床上
这是哪里？
这是哪里？
啊，这是医院
雪白墙壁

家人围在床边
还有抢救他的医生护士
武汉大学人民医院
他从来凤的医院
转到了省城武汉

必须立即手术
否则危及生命
教授下了医嘱
子女在手术单上签字
老人躺在无影灯下
一剂麻醉后
他沉沉睡去

3

他醒来，麻药过去
大腿处好痛好痛
他躺在雪白的病床
身上有好多管子
他用手去摸痛的地方
他觉得他身体少了什么
啊，我的腿
他的大腿下空空荡荡

我的腿？我的腿呀！
没有腿，我怎么走路
我怎么行军
我怎么打仗
我不就成了个废人？

老人无语
老人变得很安静
截肢后的疼痛
一阵阵袭来
老人紧咬着
嘴里几颗松动的牙
不让疼痛出声

额头的汗水
眼里的泪水
一颗颗滴落
洁亮晶莹
老人长叹
我的这双腿啊
陪我走了多少路
冲过多少锋
打了多少仗

它们是功臣
敌人没让它们失去
病魔却让
一条腿牺牲

教授的精心手术
护士的细心照护
子女轮流值班
老人积极配合
按时换药
按时打针
爷爷是优秀病友
爷爷是坚强老兵
护士请爷爷讲故事
老人讲他的战友
如何攻城杀敌
就是不讲自己

两个月的治疗
伤口愈合很好
老人出院回家
坐在轮椅上
孩子们推着
告别教授
告别护士
他久久看着
人民医院的“人民”
这两个在他
心目中永远神圣的字

教授护士目送
老人远去
多么善良的老人
多么坚强的老人
遗憾他不能再站起
轮椅会伴随他的余生

教授护士没想到
老人骨头里有钢
他是个能够战胜自己的
战斗英雄

4

轮椅载着他
在不足百平方的家里
移动行进
双手推着轮子
一圈一圈地转
手掌上磨起了茧子
他还是不能自如行动

这样在轮椅里
度过余下岁月
难道从此就不站起
不！我要站起来
我要行走
我不能是个累赘
打仗我没有倒下

病魔也不能让我倒下
站起来！老兵在心里
给自己下了最后的命令

老伴出门买菜
孩子们上班的上班
上学的上学
老兵在轮椅里坐着
等到他们出门
他一条腿
慢慢，慢慢地站起
双手撑着扶手
一条腿跨出椅座
突然一个忽闪
轮椅翻倒
他被掀翻倒地

在地上躺着
积攒着力气
两只手撑地
拖着一条残腿
向墙边移动
一寸一尺地爬
一尺一寸地移
他用单腿支撑
扶住墙壁
慢慢，慢慢地站立

他站起来了
凭着一条腿
带着没有左腿的残根
站起来了
啊，站了个
金鸡独立！

老伴买菜进屋
发出一声惊呼
轮椅倒地
老兵扶着墙
墙上抹着一片血迹

老伴冲上前扶住他
老兵对着老伴笑了
笑得像个孩子
我站起来了
我不会倒下
站起来才是战士

墙上的那一抹血
是老兵的双手
被磨得破了皮
血抹在白墙上

像是天上的
一道艳丽的云霓

老兵对着自己笑了
这个败血症让我
丢失了一条左腿
我现在打败了它
我取得了胜利

老伴从此成了
老兵的战友
每天帮他练习站立
每天帮他练习走路
定制的假肢送来了
假肢绑在左腿根部
老兵又成了
一个“完整”的人

儿子给他买了
一个支撑钢架
在家里他扶着支撑架
自如行走
出门装上假肢
和老伴相随着
上楼下楼
到大街遛弯儿
到菜场买菜
去商场购物

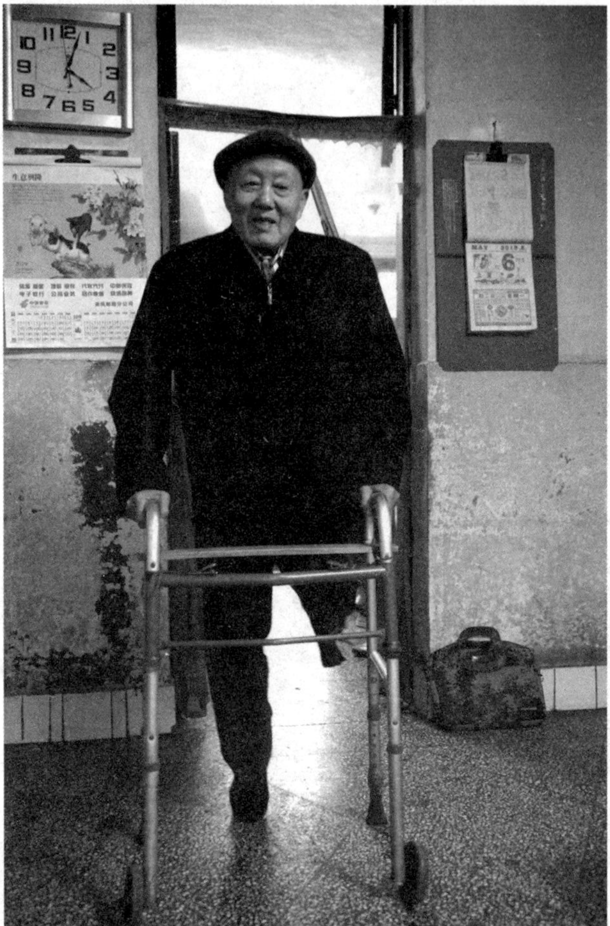

截去左腿的张富清坚强地站起来了（朱勇 / 摄）

5

在人民解放军的队伍中
有多少个独臂将军
在人民解放军的队伍中
有多少个独腿士兵
他们在战争中
被炮火夺去肢体
他们却用独臂独腿
继续完成人生的使命

我们的共和国老兵
战争没有
夺去他的四肢
和平年代
病魔却夺走了
他的一条左腿
永远不竭的是追求

永远不忘的是使命
永远夺不走的是意志
他不愿困在轮椅里
他的想法很简单
就是能站立行走

八十八岁的老人
已经离休的老兵
你站起来了
你还能做多少事
你的站立有多大的意义？

是的，他说
他不能再为
党和人民工作
他的任务是休息

老兵让自己站起来的目的
很朴实很简单
就是不要给子女
给社会添加负担
他站起来
尽量生活自理
让子女们放心
能一心一意地
为党为人民做事
站起来是一种精神
因为他是战士

他还愿活更长的时间
看到他和他的战友
为之奋斗的新中国
日益强大
人民生活
和平安定富裕！

装上假肢的张富清老人在下楼（朱勇／摄）

第八章　物事无言见精神

本章我写到
几件有关的事与物
它们无言
它们无声
它们的存在和发生
记录着往事与近事
诠释着精神和意义
我久久地看着它们
我沉思
我遐想
我在它们身上撷取诗句

军功章

三枚军功章
经过七十年风雨
静静地摆在这里
没有改变颜色
金黄还是那样闪亮
红色还是那样艳丽

阳光普照大地
大地一片金黄
土地处处肥沃
生长麦子
生长稻子
成熟季节
麦子稻子一片金黄
攻城的战士
军装的黄色

被战火映照
也是金黄
金黄是军功章的颜色

火焰是红的
军旗是红的
庆功的花是红的
炮火是红的
热血是红的
碉堡飞上天
把浓重的夜撕开
力量是红的
战士的心是红的
红色是军功章的颜色

三枚军功章
金色与红色凝成

金属铸就
钢铁般坚硬
静静地摆在这里
军功章的主人
静静地坐在这里
深藏六十多年了
他在这里微笑

一只旧皮箱

这只旧皮箱
比他大女儿还年长
已经过了退休年龄
六十多岁了啊

当兵行军打仗
一只背包是军人的家当
到了武汉结婚时
他才有了这只皮箱

他选择了远方的山
他选择了最艰苦的地方
他把军功章立功证
压在箱底
然后带着新婚妻子
提着皮箱起程

此行关山重重
此行征途迢迢
此行战士不回头
此行他把人生交给山里

他在山里落户
皮箱也在山里落户
他一天天老了
组织让他离休
皮箱一天天老了
箱面翻卷
箱角磨损
但皮箱还坚守岗位
给他保守秘密

这只皮箱太旧
旧得无人注意

这只皮箱摆在家中
家人也没看在眼里
那不过是他的一个纪念
谁也不知道里面有什么东西

直到他把秘密交给组织
这只皮箱才有了名气
皮箱登上了报纸
皮箱还上了电视
六十多年的皮箱
也有使命与坚守
和主人一起！

一本老字典

你是一座老仓库
装着满肚子学问
你几十年诲人不倦
当他的老师

他自从结交了你
你们从此不离不弃
你帮助文化程度不高的他
不断获得知识

在速成中学时功课紧张
两年学完初中课程
他白天听课夜里自习
不懂的地方就借一本字典解决问题

字典陪他早起朗读
字典陪他深夜做题
字典陪他给墙报写稿
字典陪他写读书笔记

他那时最大的愿望
就是能拥有一个你
转业时他终于始愿以偿
你从武汉陪他到了鄂西

他几十年阅读不止
《人民日报》《半月谈》
马列原著习近平讲话
你与他形影不离

他爱老伴和子女
他爱人民和组织

他的爱终生未改
他也爱不声不响的你

你很辛苦勤劳
封面残缺背脊破损
你已经有了老态
他没休息你也不休息

他找来白纸
补全了你的封面
他用耐磨的胶布
重新装订了你的书脊

你摆在桌上
他坐在书桌边
你们朴实整洁
你们干净纯粹清癯！

搪瓷茶缸

人民派出慰问团
慰问他们最可爱的人
一只搪瓷茶缸
装着祈愿祝福
和浓浓的感情
赠给中国人民解放军

战士接到茶缸
和茶缸上写的
保卫祖国
保卫和平
军人的八字使命
人民的殷切希望啊
茶缸的分量很沉

战士走上征途
背包边扎着茶缸毛巾
战士带着茶缸
北上南下
保国为民

战士用茶缸喝水
战士用茶缸洗漱
战士用茶缸吃饭
战士用茶缸祝酒庆功

从北方到南方
从城市到乡村
茶缸舀过黄河的水
茶缸挖过边疆的雪
茶缸沐过江南的雨
茶缸吹过塞外的风

打满补丁的搪瓷茶缸，张富清一直保留至今（朱勇 / 摄）

时刻记着茶缸上的字
战士不忘人民交给的使命

茶缸随战士转业
茶缸伴战士到来凤
从此茶缸和战士一起
上山，炸石修过挂壁路
进城，兢兢业业为人民

战士老了，使命未老
茶缸旧了，字迹未旧
八个大字依然鲜明
战士与茶缸相濡以沫
他们一起回忆过去
永不改变初心

茶缸口沿和外壁

搪瓷已经脱落
茶缸的底部
打了两块补丁
当年的战士
如今已是九旬老兵

老兵不愿丢弃茶缸
老兵对茶缸一往情深
看到茶缸
就像看到战友
茶缸在他身边
他每天得到提醒
有茶缸相随
老兵觉得自己永远是兵！

中华人民共和国地图

客厅墙壁上挂着
一幅彩色地图
地图上的中国
像一只振冠的雄鸡
共和国的老兵
在地图边久久伫立
客厅因地图
显得宽敞
因为地图上的祖国
客厅更加明亮

武陵山中小县
酉水河边来凤
老兵转业到此
已经六十四年

老兵确实老了
不能离家远行
家里挂一幅中国地图
他的眼睛可以在国土上巡礼
陕西汉中洋县
那个遥远的小村
老兵可爱的家乡
如今不再贫穷

当年从陕西出发
千里迢迢长途行军
啊，到了甘肃酒泉这里
再从酒泉进军新疆
到达喀什守土戍边
驻守边疆重镇
转业后再没回去
啊，我老部队的战友

你们是否知道万里之外
有一个老兵在思念你们

啊，这里是北京
我们伟大的首都
祖国的心脏
老兵想到长安街走走
真想再去一次天安门
看看国旗兵列队
看看五星红旗冉冉升起

从北京到武汉
龟蛇锁江看黄鹤
两江交汇大江城
从武汉出发向西
这里是荆州
这里是宜昌

这里是恩施
我们来凤在这里

家里挂幅地图
中国装在老兵心里
读书看报看电视
碰到老兵熟悉的地名
他就站到地图跟前
把那个地方找到
还要就事情与地名
作些研究分析

家里有张中国地图
这眼界就阔了
这距离就近了
想去祖国的哪个地方
老兵就在地图前

用眼睛搜寻
用手抚摸
他摸到祖国强劲的脉动
他每天和祖国
站在一起！

老兵的军礼

新疆老部队来人
看望他们的战友
老兵张富清

绿色军装出现
八一军徽闪动
新疆，王震，三五九旅
老兵有点耳背
但这几个关键词
却听得分明

老兵顿时热泪盈眶
老兵心里掀起波澜
老兵回到激情岁月
老兵听到冲锋号声

张富清敬礼照（朱勇/摄）

老兵站起来了
用一条独腿
坚强地站起来了
缓缓举起右手
行了一个庄严的军礼

啊，我的战友
啊，我的连队
啊，彭德怀元帅
啊，王震将军
我永远是你们中的一员
我永远是人民军队的兵

老兵行了离开部队
六十四年后的第一个军礼
老兵穿着军装
老兵戴着勋章

老兵头顶军徽
老兵脚踏大地

老兵是武陵山中的
一座巍巍青山
老兵是酉水河中的
一股激情波浪
青山不坠凌云志
流水不息奔大江
老兵永远跟党走
老兵为民之志永不移

老兵举起右手
向着祖国
向着伟大的党
向着英雄的人民
向着人民的军队

敬礼！敬礼！

中国，2019 年
这个鲜花开放的 5 月
在人民弘扬奉献精神
凝聚起万众一心
奋斗新时代的强大力量时
一个九十五岁的老兵
他的一个标准的军礼
是一次集结号
是一道冲锋令
是一尊山样的楷模
是一种磐石样的精神

共和国的老兵啊
我们这些后来者
与你一起行进在队伍里

朝着新时代前进！
前进！前进！

尾　声

各级媒体记者
用各种传播方式
报道了张富清
一个深藏功名六十多年
共和国的退役老兵
报刊上有文字
书写他的故事
视频上有声影
宣传他的事迹
中国，一个老兵
引无数人点赞
让无数人感动

为什么他不事张扬？
为什么他深藏功名？
为什么他不向组织伸手？
为什么他不改本色？

为什么他坚守初心？

和我并肩作战的战友
好多都已经牺牲
他们才是英雄
他们才是功臣
和他们相比
我有什么值得张扬
我有什么资格显摆功名
国家把我照顾得很好
我只有好好工作
不忘共产党员的责任
为人民和社会多做些事
才能对得起他们

啊，九十五岁的老人
啊，共和国的退役老兵

一席朴实的回答之后
英雄的老兵热泪纵横

啊，中华人民共和国的老兵
你的泪水如江河
在我们每一个人的心中奔涌
你的泪水洗涤了
那些没有追求的人
让他们生出理想的翅膀
你的泪水洗涤了
那些没有责任的人
让他们重拾了历史的使命
你的泪水洗涤了
那些对未来没有信心的人
让他们为了中国的明天
埋头苦干，精神振奋
啊，中国老兵

你的泪水是对牺牲烈士的怀念
你的泪水更是一种力量
召唤着后来者
向新时代进军

我们站立的地方
就是我们的中国
我们怎么样
中国就怎么样
十四亿人民和老兵一起
使命在胸，初心不忘
中国，中国的明天
中国的明天就
富饶美丽，处处阳光！